# ライオンのなみだ

山部 京子

文芸社

「ハァ〜アア〜ムニャムニャ…」

おりの中で、ポンタはすっかり退屈していました。

ポンタは、ドリームサーカス団に所属する3歳半のオスのライオンです。

きのう、この若葉町にやってきたサーカス団は、ショーを行うテント作りのまっ最中。

「よーし！　ロープをしっかり張れよぉ！」

団長のきびきびした声や、ドーン！　ドーン！　と、くいを打つ音がひびきます。

サファリパークで生まれ、1歳のときサー

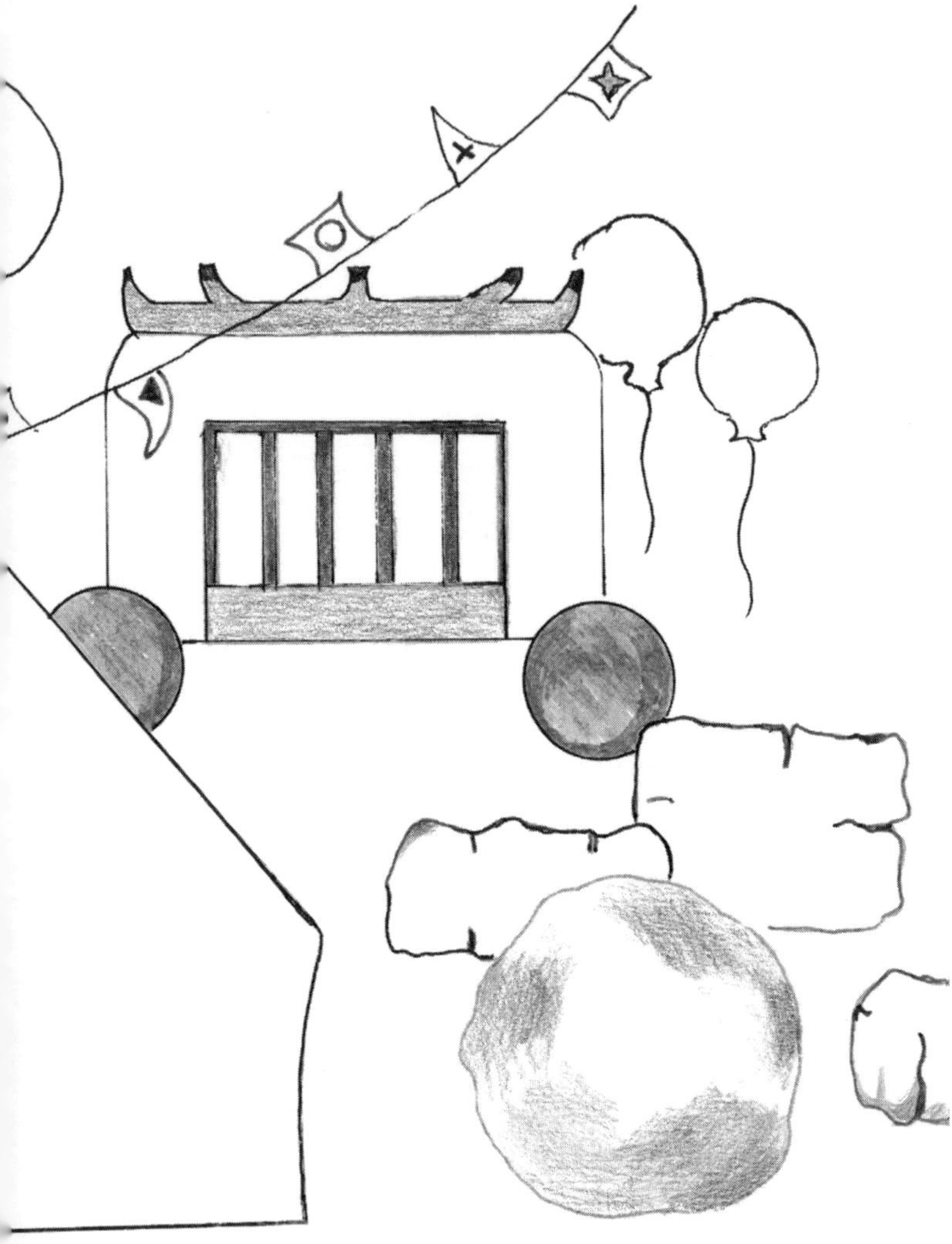

カス団に引き取られたポンタは、まだ難しい芸はできませんが、たてがみもようやくフサフサになってきたので、顔見せの行進と輪くぐりで、今回が初舞台《はつぶたい》です。ショーの出演が決まって、ポンタは大よろこびでした。

大好きな調教師《ちょうきょうし》トムさんとの、はじめての旅。

それもショーが行われるのは、トムさんの生まれ故郷で、子供時代の楽しい思い出話をきいていた町なのです。

「ポンタ、いよいよデビューだよ。なあに、いつもどおりおれについて、舞台を楽しめばいいんだ。元気にカッコよく、な！」

トムさんの本当の名前は、ツトムさん。

小学校6年のとき、お父さんの仕事のつごうでアメリカにわたり、あちらでトムと呼ばれていたのが、そのままニックネームになったそうです。

調教もアメリカで学んだトムさんは、二十代半ばに帰国してサーカスに入団し、ちょうど同じころに引き取られたポンタを、大事に育ててくれています。

トムさんは、調教《ちょうきょう》にムチは使いません。

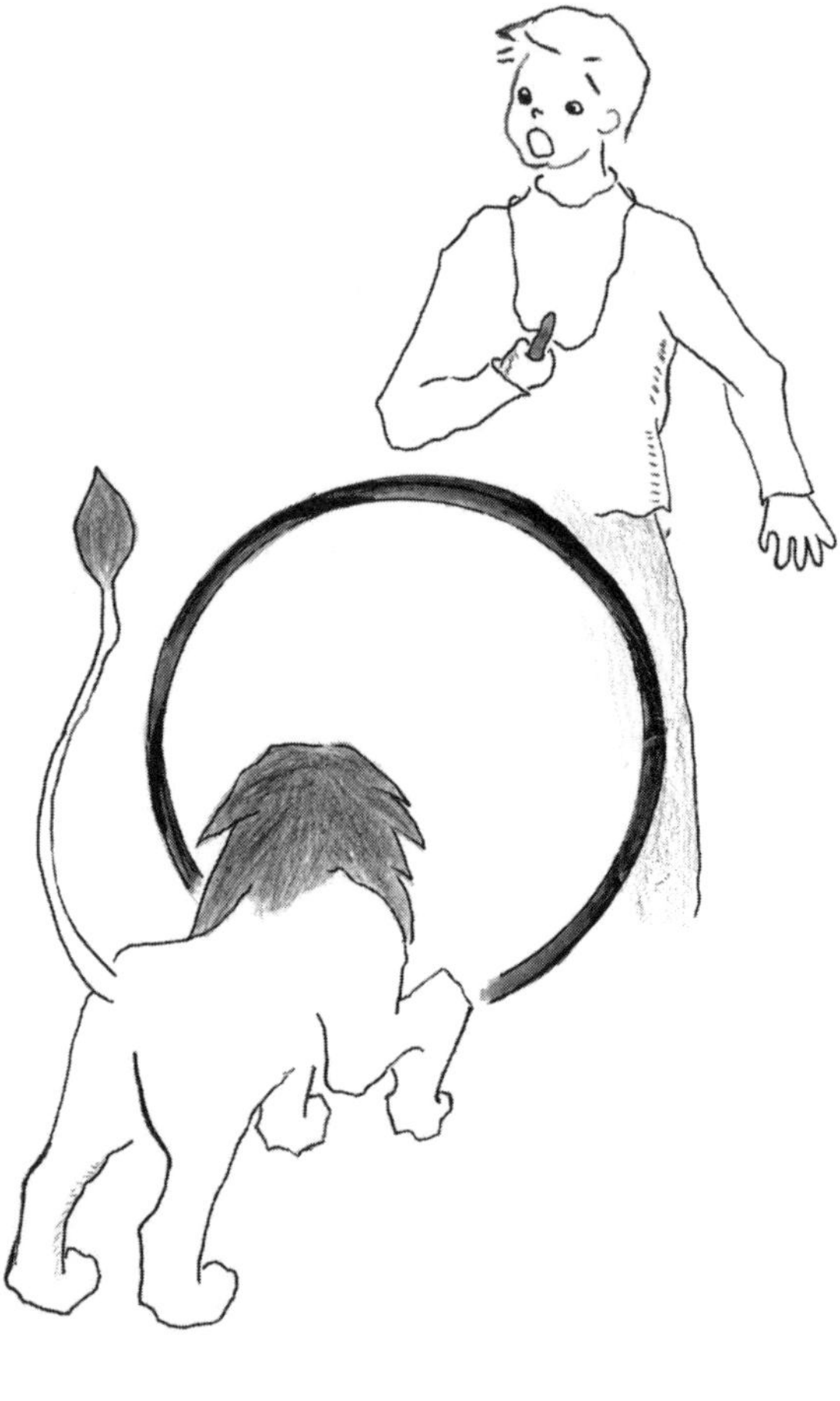

かわりに、尊敬する先生からプレゼントされたという細長い金色の調教笛《ちょうきょうぶえ》をピッ、ピッと吹きながら、楽しく芸を教えてくれます。

ピッ、ピッ、ピピッ、ピッ、ピッ…

「ようしポンタ、いいぞ。その調子だ」

トムさんの明るい笛の音に合わせて、はりきって練習をしたポンタは、わくわく胸をふくらませて出発したのでした。

けれど、車での3日3晩の長旅をして、やっとたどり着いた若葉町では、テントができるまで動物たちをおりから出さないという約束で、ポンタたちは、閉じこめられたままです。

「こんなの、いつものことさ」

先輩の動物たちは、あたりまえのように言いますが、はじめてのポンタには、あきあきする長い時間です。

おまけに今日は、トムさんが団長のおつかいで、となり町に出かけてしまったので、ポンタは退屈で退屈で、あくびばかりしているのでした。

おりの外は、ピチュピチュ…と小鳥がさえ

ずるのどかな春。

町の向こうには、緑の野原や山がゆったりと広がっています。

「あそこは気持ちよさそうだなあ…」

おりによりかかったポンタは、ふとひかれるように、その景色をながめました。

ショーのちらしには『アフリカの猛獣《もうじゅう》！』なんて書かれていますが、サファリパーク生まれのポンタは、自然の世界を、まったく知りません。

だから、ほかの動物たちが、ふるさとの草

原や山のことを、なつかしそうに話していても、ポンタは、そんなところより、トムさんがいるサーカス団が一番だと思っていました。

でも、こうして自然の野山を見ていると、なんだか体がムズムズしてくるようです。

「トムさんが子どものころ遊びに行った山って、あそこかなあ？」

トムさんはそこで、木に住んでいる山の神様とも友達になったと、楽しそうに話してくれたことがあります。

「その山の神様は、今もいるのかな？」

そう思ったとき、ガチャッとおりのカギが

開く音がしました。

ふりむくと、食事と水をはこんできた見習いの小僧さんが、おそるおそる扉を開けています。

「あ、ごはんだ！」

おなかがすいていたポンタは、よろこんでそちらにかけよりました。

一瞬ビクッとした小僧さんは、こわいのをがまんするようにポンタを横目で見ながら、

「ほ、ほら…水と、エサだ…」

と、食器をおりの中におこうとしましたが、

手がふるえ、水がバシャッとこぼれてしまいました。

サーカス団に入ったばかりのこの小僧さんは、小さい動物たちとはすぐなかよくなったのに、ポンタの前では、なぜかいつもビクビクしているのです。

「ねえ、ぼくとも友達になってよ」

ポンタが、親しみをこめて前足を上げたとたん、

「ワーッ！」

とさけび声をあげた小僧さんは、食器を放り出し、おりの扉をガチャンとたたきつけて

閉めると、ころがるように逃げて行ってしまいました。

「あーあ……」

おりの中は、こぼれた水や、ごはんが散らばり、さんざんなありさまです。

しかたなく、散らかったごはんを食べはじめたポンタは、おやっ？　と思いました。おりの扉に、少しだけすきまが見えたのです。

近寄って前足でチョンと押してみると…なんと、扉がカパッと開いたではありませんか！

あわてて閉めた小僧さんが、扉のカギをかけ忘れてしまったのです。


ポカンと見つめたポンタは、また体がムズムズしてきました。

今、おりを出ようと思えば出られるのです。ほんのちょっとの間でも、あの野原や山を走れたら、どんなに楽しいでしょう！

だけど…と、ポンタは、今朝トムさんに言われたことを、思い出しました。

「ポンタ、もう少しのしんぼうだよ。おれが帰る夕方には、テントもできるからな。それまで、ここでおりこうに待ってるんだよ」

「ウォン！」

ポンタは、たてがみをふって約束したのでした。

トムさんとの約束は守らなくちゃ…。

ポンタは、くるりと扉に背を向けると、ムズムズを抑えるように床にすわりました。すると、こぼれていた水がお尻にビチョッ。

「ワッ、きもち悪い」

飛び上がったポンタは、もうがまんできずに、扉のほうへとまわれ右しました。

「ちょっとだけ…この床がかわくまで、ちょっと散歩してくるだけだから……」

そう自分に言いきかせると、ポンタは、思い切って表へ飛び出して行きました。

まぶしい太陽の光が、体中にふりそそぎます。

立ち止まってふりかえってみましたが、だれも気がついたようすはありません。

ちぢまっていた手足を思いきり伸ばし、たてがみをなびかせて野原を走りぬけたポンタは、山のほうに入ってみました。

ポンタにとって、はじめての自然の世界で

す。

　キョロキョロ見回しながら、山道をのっしのっしとのぼって行くと、木に止まっていたカラスが、びっくりしたように羽をバタつかせました。

「カァカァ！　こんなところをライオンが歩いているよ」

　サーカス団にもカラスの仲間がいるので、ポンタは親しげに話しかけました。

「やあ、カラスくん。ぼくはドリームサーカス団のライオンだよ。ちょっと散歩してるんだ」

「サーカス団のライオンが散歩だって？　こりゃ、たいへんだあ！」

カラスはカァカァ大騒ぎして、飛んで行ってしまいました。

「へんなカラスだなあ。何をあわててるんだろ」

笑いながら、山道をさらにのぼって行くと、頂上近くに傘のように葉を繁らせた大きなカシの木があり、その根元に、杖を持ったアゴひげの長いおじいさんがすわっているのが見えました。

ドキッとして立ち止まったポンタに、おじ

いさんは、にっこりして、手招きします。

こわい人ではなさそうです。

ポンタは、そろそろと近づくと、前足を折り曲げて、舞台用の挨拶をしました。

「ほほう、おまえさんは礼儀正しいライオンのようだね」

目を細めたおじいさんは、それからたずねました。

「おまえさんは、どうして逃げ出してきたのかな？」

「逃げ出した…？」

ポンタは、ぶんぶんと首をふりました。

「ぼくは逃げ出したんじゃなくて、散歩してるだけです」

「そうなのかい？　でも人間たちは、そうは思っていないようだよ」

おじいさんは、木立の間から町を見下ろせるところに、ポンタを連れて行きました。

サーカス団の人たちが「ポンター！」「ポンター！」と叫びながら、必死にさがしまわっています。

「たいへんだ。ぼく、もう帰らなくちゃ…」

あわてて戻ろうとしたポンタを、おじいさんが引き止めます。

「今出て行くのは、危険だよ」

「危険…？」

ポンタが首をかしげたところに、カァカァと、さっきのカラスが飛んできました。

「じいさま、町の猟友会《りょうゆうかい》が動き出したよ！」

「やはりなあ…ポンタ、おまえさんは、どうも困った立場になったようだよ」

「え？　困った立場って？」

「とにかく、ここにお入り」

おじいさんが木の根元を杖でトンと突くと、

幹がドアのように開き、階段が現れました。おじいさんに付いて降りて行くと、明るい部屋がひらけています。

ポンタを招き入れたおじいさんは、また床を杖でトンと突いて、入口を閉じてしまいました。

ポンタは、あっと、トムさんの話を思い出しました。

「あのう…もしかして、おじいさんは山の神様ですか？」

「ん？　わしのことを知っているのかい？」

「調教師《ちょうきょうし》のトムさんからきいたんです」

「トムさん…？」

「あ、ほんとの名前はツトムさんといって、子どものころこの町に住んでいて、山の神様とも友達になったって言ってたんです」

「ああ、あのツトム坊やか…動物好きのワンパク坊主だったが、そうかい、調教師《ちょうきょうし》になったのかい」

山の神様は、なつかしそうにほほえみました。

「そのとおり、わしは、その〝トムさん〟の友達の山の神だよ」

「やっぱり！」

よろこんだポンタは、それから、ふと心配そうにききました。

「トムさんが、山の神様は、ふだんは優しいけど、怒らせるとたいへんなことになるよ、って言ってたけど…ほんとうですか？」

「いやいや、怒らせるとたいへんなのは、わしではなく、わしのところにある、なみだの袋だよ」

「なみだの…袋…？」

うなずいた山の神様が杖をふると、かべがスーッと開き、赤く光る水玉がたくさんつまった大きな袋が、ふわりとあらわれました。

「これが、なみだの袋だよ」

「わぁ、きれい！　赤い水玉がキラキラしてる…」

「きれいだろう？　だが、この赤い水玉はみんな、殺された動物たちの悲しいなみだなんだよ」

「えっ、殺された…動物たちって…？」

山の神様は袋の口をほどいて、ポンタに中をのぞかせました。

キラキラ光る赤い水玉の間に、何か黒いものがゆらめき、それがだんだんはっきりと見えてきます。

「あ、クマだ！　クマが見える！」

「裏山に住んでいたボスグマだよ。気のいいやつだったが、去年、人間のリゾート開発でなわばりを奪《うば》われてな。おまけに天候不順《てんこうふじゅん》で木の実も足りなかったので、食べ物をさがして、山をおりてしまったんだ。お腹を空かせたクマには、人間が捨てたゴミも、大ごちそうだからね」

山の神様が言うように、クマは山のふもとの住宅の近くをウロウロしています。

と、突然走り出したクマが、次の瞬間、バッタリと倒れてしまいました。

まわりに、鉄砲をかまえた人間が何人も走りよってきて、血を流してもがくクマに、いくつもの銃弾《じゅうだん》をあびせています。

「や、やめてっ！」

ポンタがたまらず叫ぶと、クマの姿はゆらゆらとぼやけ、赤い水玉を一つポツンと浮かべて消えてしまいました。

ポンタは、ショックでドキドキしながら、たずねました。

「山の神様。人間たちは、なぜあのクマを殺しちゃったの？」

「怖いからだよ」

「怖い？…だって、あのクマは、何もしていないじゃない」

「そうだね」

「じゃあ、どうして？　どうして見ただけで怖がるの？　人間は、動物を簡単に殺せるほど強いのに…」

「ポンタ、人間は、決して強くはないんだよ。それどころか、他の命を食べて生きるという宿命《しゅくめい》を負った生き物の中では、もっとも弱い動物だ」

「人間が、弱い動物？」

「そうだよ。あまりに弱いから、創造の神は人間に道具を使う知恵を授けたんだ。それを武器にして、人間は、他の動物たちと互角にわたり合い、生きるために必要な糧を得ることもできるようになった……」

山の神様は、静かになみだの袋の口を閉じながら言いました。

「その力で他の動物たちを飼いならしたり、支配したりするようになった人間は、いつのまにか、自分たちがナンバーワンだと思うようになってしまったんだね」

山の神様は、少しため息をつきました。

「しかし、本当は弱い人間にとって、野生の強い動物は、支配できない怖い存在だ。だから、あのボスグマのように目の前に現れると、何か危害を加えられるのではと恐れて、あんなふうに殺してしまうことがあるんだよ」

「でも、それなら……」

と、ポンタは、納得できないように首をかしげました。

「なぜ人間は、そういう動物たちがいる山を壊すの？　あのボスグマだって、なわばりを奪われなかったら、山をおりたりはしなかったんでしょう？　なわばりを取り上げておいて、そこにいた動物が食べ物に困って出てきたら、怖がって殺すなんて…そんなのひどいよ」

「ポンタの言うとおりだね」

山の神様はうなずきました。

「ナンバーワンだとおごった人間たちが、やりたい放題していたら、あのボスグマのような悲劇は、増えるばかりだ。もしこのまま赤いなみだが増え続けて、持ちこたえられなくなった袋が、怒って破裂したら…そのときは山も野原も死に、だれも生きてはいけなくなるだろう。もちろん人間もな…」

厳しい顔でそう言って、なみだの袋をもと

に戻した山の神様は、それから、さて…と、困ったようにポンタを見つめました。

「今のポンタも、人間にとっては、怖い動物になってしまったんだよ」

「え…？　だって、ぼくはサーカス団のライオンだよ。人間に飼われている動物だよ」

「だが、逃げ出したと思われたときから、人間の支配をはなれた怖い動物になってしまったんだ」

「そ、そんな…」

「それに、サーカス団でかわいがられている
ポンタも、この町の人にとっては、見知らぬ

ライオンだ。それがおりから逃げ出したとなれば、山をおりたボスグマ以上に怖がられているかもしれん。このまま出ていけば、どうなるか…」

　鉄砲に囲まれたボスグマの姿がよみがえり、ポンタは思わず身震いしました。

「ぼく、どうしよう…」

　オロオロしたポンタは、そうだ！　と顔を上げました。

「トムさんが帰ってくれば大丈夫です。ぼくが逃げ出したんじゃないって、きっとわかってくれるし、みんなにも、そう話してくれるから」

「ツトムがいたか…そうだな、あのツトムなら…」

山の神様は、少し考えてから、よしとうなずきました。

「では、このカクレミノの葉をあげよう。これをつけていれば、ポンタの姿は人間には見えない。ツトムに会うまで、絶対にとってはだめだよ」

「ありがとう、山の神様」

「気をつけてお行き。ふもとまでは、カラスに案内させるからね」

たてがみにカクレミノの葉をつけてもらったポンタは、カラスのあとに付いて、裏道をおりはじめました。

木立のあちこちに、ポンタをさがす人たちが、ちらばっています。

カクレミノの葉で姿が見えないとわかっていても、鉄砲を持った人が近くに来ると、ポンタの心臓はキュッとちぢまりそうです。

何とか無事にふもとまでおりたポンタは、大きな石のかげで、じっと、トムさんが来るのを待ちました。

空が夕焼けに染まると、捜索の人たちの声が、ますます増えてきます。

（トムさん、はやく来て……）

祈るような気持ちで待っていると、野原の向こうから、

「ポンター」

と呼ぶ声がして、誰かがこちらに走って来るのが見えました。

トムさんです！

「トムさん、ぼく、ここにいるよ！」

思わず飛び出しそうになったポンタを、カ

ラスがあわてて止めます。

「だめだよ。もっと近くに来てからじゃないと」

「そ、そうだね…」

ポンタは、深呼吸して、はやる気持ちを抑えました。

もう少しがまんすれば、安全にトムさんに会えるのです。

あと百メートル…あと五十メートル…よし、もういいかな？

そう思ったとき、団長がトムさんを追いかけてきて、何かを言いました。

とたんに、トムさんの顔つきが、さっとかわりました。

「そんな！　それならおれ、ポンタをさがすのはやめます！」

え…？　ポンタは耳をうたがいました。

（トムさんが、ぼくをさがすのをやめるって、どういうこと…？）

「何言ってるんだ、トム！」

団長が大きな声で、トムさんの腕をつかんでいます。

「おまえが呼べば、ポンタはかならず出てくる。はやくしろ！」

しかし、トムさんは団長の手をふりほどき、急いで向こうに行ってしまおうとします。

「あっ、待って、トムさん……！」

あせって追いかけようとしたポンタのたてがみから、カクレミノの葉が、ポロリと落ちました。すると、

「あ、いたぞ！」

「いたいた！　あそこだ！」

と、いっせいに大きな声が上がりました。

その声にふり返ったトムさんが、真っ青な顔で叫びます。

「ポンタ、だめだ！　来ちゃだめだ！　来る

なーっ！」

ピーッ！　ピピッ！　トムさんの笛が鋭く吹かれました。

後ろへ下がれ！　の命令です。

(どうして？　トムさん…)

ポンタはとまどいました。

(なぜ、ぼくを追い払おうとするの？　約束を守らないでおりから出たぼくを、きらいになっちゃったの…？)

「トム、命令がちがうだろう！　ポンタを呼べ！　呼ぶんだ！」

団長がどなりますが、トムさんは、なおも

後ろへ下がれ！　の命令の笛を吹き続けます。

バシッ！　と、団長がトムさんを殴りました。

「トム！　おまえの気持ちはわかるが、ポンタを生かしておいては、しめしがつかんのだ。このままでは、ショーができなくなるんだぞ！」

ポンタはハッとしました。

（そうか…みんなは、もうぼくを殺すつもりなんだ。だから、トムさんは来るなって言ってるんだ…）

「ポンタ、早く行けーっ！」

殴り倒されながら、ふりしぼるようにさけんだトムさんの声に、ポンタはダッと身をひるがえしました。

「あっ、また山に逃げるぞ！」

「見失うな！　撃て！」

パパン！　パーン！　銃声が響き、ポンタの左足が焼けるようにしびれます。

「ポンターッ！」

トムさんの悲鳴が上がる中、続けて銃声が鳴り、両肩に弾を受けたポンタは、ドサッと草の中に倒れ込んでしまいました。

鉄砲を持った人々が、次々とまわりに集ま

ってきます。

「早くとどめをさせ！」

カチッと向けられる銃口。

恐怖と痛みにもがくポンタの頭に、なみだの袋の中のボスグマの姿が浮かびました。

（ぼくも殺されるんだ…）

ポンタがギュッと目をつぶった時です。

飛び込むようにポンタの上に覆いかぶさったトムさんが、囲んでいる人たちを、ぐっとにらみ上げました。

「いったい、ポンタが何をしたというんだ！

このポンタは、人に危害を加えるようなライオンじゃない。みんなに芸を楽しんでもらおうと、いっしょうけんめい練習して、この町にやってきたんじゃないか！」

「トム、やめないか！」

団長がさえぎります。

「テントができるまでは、動物を出さない約束だったんだ。でもポンタはそれを破ってしまった。しかたがないだろう」

「しかたがない？　さっきおりを見てきたが、ポンタが出てしまったのは、だれかがカギを閉め忘れたからだ。その責任をポンタの命に負わせるなんて、おれは納得できない！　どうしても撃ちたきゃ、さあ、おれごと撃て！」

トムさんは両手をひろげてポンタをかばうように、みんなに背を向けました。

囲んでいた人々が、ゆっくりと銃をおろし、顔を見合わせています。

「おりの扉が開いてたんだって？」

「だれだい？　どう猛なライオンが、おりを破って逃げたなんて言ったのは」

「サーカスのちらしに、アフリカの猛獣って書いてあったからさ。それに、そこの団長さんが、ライオンが逃げたって言ってたから…」

「見ろよ、あのライオンは、ネコみたいにお

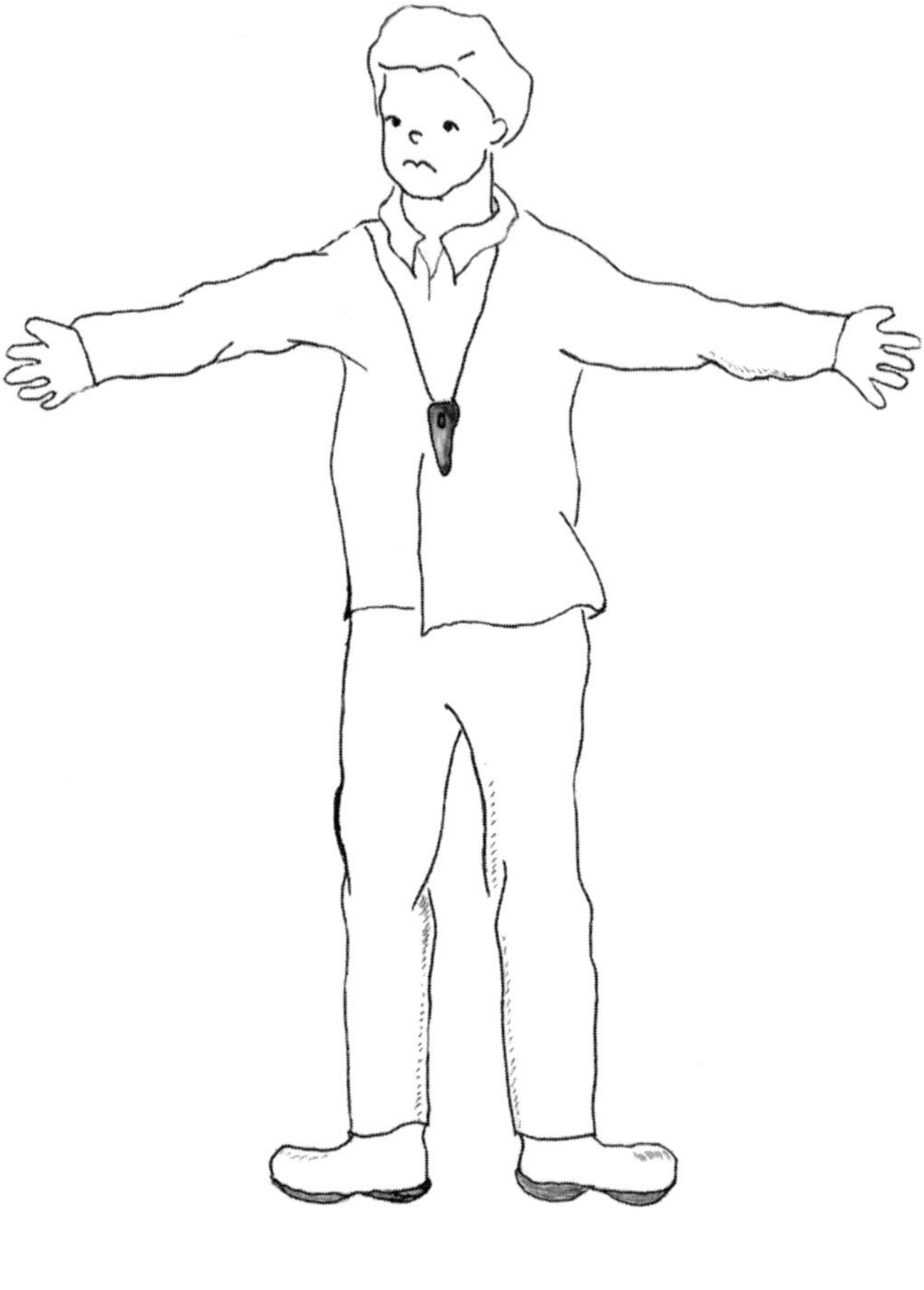

となしいじゃないか」

「まったく人騒がせだなあ。ちょっと団長さん、あんたが、もっとしっかり管理してくれないと。あとで町の人にも、ちゃんと事情を説明してくださいよ」

口々に文句を言った猟友会《りょうゆうかい》の人たちは、気がぬけたように、引き上げて行きました。

「ポンタ、ポンタ…大丈夫か？　こわかっただろう。痛いか？」

トムさんは震える手でポンタをさすると、しっかりと抱きしめました。

「ごめんよ、こんな目にあわせてしまって。

すぐに手当てしてやるからな」

「トムさん…」

ポンタの目から、なみだがツーッとこぼれました。

「ありがとう、トムさん。ぼくを守ってくれたんだね…」

落ちたなみだがたてがみにとまり、金色の露の玉のように光っています。

カラスの知らせでかけつけた山の神様は、やれやれと胸をなでおろしました。

「ポンタのなみだが、赤いなみだでなくてよかった…。ツトムのような人間がいるうちは、あのなみだの袋も、まだ持ちこたえることができそうだね」

山の神様は、ポンタたちの方に、くるくると杖をふりました。

ポンタのなみだがシュワッと霧のようになって傷口にふりかかります。

「これで痛みもやわらぐだろう。あとは人間たちにまかせるとしようか」

オレンジ色の夕日の中、少しバツが悪そうな団長の指示で、ドクターやサーカス団の人たちが、ポンタのもとにかけつけてきます。

あの見習いの小僧さんも、

「ポンタ、ごめんよ～」

と泣きながら、真っ先に走ってきました。

「よかったね…ポンタ。初舞台を楽しみにしているよ」

山の神様は、満足そうにほほえむと、ほっくり、ほっくり、山へと帰って行きました。


〈おわり〉

挿絵　西川知子

野山に棲む動物たちも
人と共に生きる動物たちも
それぞれの居場所が守られ
幸せに暮らせますように…☆

山部京子

この物語は『動物文学　平成二十四年・初冬号』（動物文学会発行）
に掲載された作品に加筆・修正を加えたものです。

著者プロフィール
**山部 京子**（やまべ きょうこ）
主婦・児童文学作家。
1955年、宮城県仙台市生まれ。宮城学院高等学校卒業後、ヤマハ音楽教室幼児科＆ジュニア科講師を７年ほど勤める。結婚と同時に神奈川県横浜市へ。その後、石川県金沢市に移り現在に至る。
子どもの頃から犬や動物、音楽や読書が大好き。
1989年、少女小説でデビュー。きっかけは、結婚後共に暮らした愛犬ムサシの日記の一部を出版社に見せたことから。
日本児童文芸家協会会員。動物文学会会員。

■主な著書
『あこがれあいつに恋気分』〔ポプラ社〕（1989年）
『あしたもあいつに恋気分』〔ポプラ社〕（1991年）
『心のおくりもの』〔文芸社〕（2002年）
『わんわんムサシのおしゃべり日記』〔新風舎〕（2005年）
『夏色の幻想曲』〔新風舎〕（2007年）
『12の動物ものがたり』〔文芸社〕（2008年）
『わんわんムサシのおしゃべり日記』再出版〔文芸社〕（2008年）
『夏色の幻想曲』再出版〔文芸社〕（2009年）
『素敵な片想い』〔文芸社〕（2012年）
『クリスマスのグリーンベル』〔文芸社〕（2014年）

## ライオンのなみだ

2016年２月15日　初版第１刷発行

著　者　山部 京子
発行者　瓜谷 綱延
発行所　株式会社文芸社
〒160-0022　東京都新宿区新宿１－10－１
電話 03-5369-3060（編集）
03-5369-2299（販売）

印刷所　株式会社フクイン


ISBN978-4-286-16999-6